Les derniers Momens

DE BAYARD,

poème

couronné par l'Institut le 5 avril 1815.

PAR Mme DUFRENOY.

A PARIS,

Chez Alexis Eymery, libraire,

Rue Mazarine, N° 30.

LES DERNIERS MOMENS

DE BAYARD,

POÈME.

De la part De l'auteur

IMPRIMERIE DE BRASSEUR AINÉ.

LES
DERNIERS MOMENS
DE BAYARD,

Par Mme Dufrenoy,

Poème couronné à la seconde Classe de l'Institut
le 5 avril 1815.

AVEC DES NOTES HISTORIQUES.

Fidèles à leur Dieu, fidèles à leurs Rois,
C'est l'honneur qui leur parle ; ils marchent à sa voix.
VOLT. Henr.

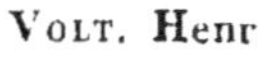

A PARIS,

CHEZ A. EYMERY, LIBRAIRE,
rue Mazarine, N° 30.

1815.

LES DERNIERS MOMENS

DE BAYARD,

POÈME.

RENAISSEZ dans mes chants, nobles mœurs de nos pères,
Valeur, foi, loyauté, vertus héréditaires
Que dans les vieux châteaux l'aïeul en cheveux blancs
Transmettait d'âge en âge à ses nobles enfans !
Renaissez, jours fameux, religion, patrie !
Et toi dont la mémoire à jamais est chérie,
Bayard ! toi dont le nom rappelle avec grandeur
Tout ce qu'ont eu d'éclat les siècles de l'honneur,
Ta gloire ne meurt point ; le temps la renouvelle ;
Au sage comme au brave on t'offre pour modèle :
Ton grand cœur, audessus des caprices du sort,
Se montra tout entier dans les bras de la Mort.
J'apporte à ton cercueil l'hommage de la France.

Déjà de Bonnivet l'orgueilleuse imprudence
Fuyait loin de Milan , où toujours les Français
Ont par de grands revers payé de grands succès :
Bayard restait encore, et de sa renommée
Seul pouvait protéger les débris de l'armée :
Tout à coup , ô douleur ! le tube meurtrier
De ses traits foudroyans a frappé le guerrier !
Atteint d'un coup mortel , sur l'arène sanglante
Il tombe Tout son camp jette un cri d'épouvante :
Mais lui, dans la mort même incapable d'effroi,
Nomme en tombant son Dieu, sa Patrie et son Roi.
« *Je suis mort*, cria-t-il ; mais gardez votre place ; ([1]
« L'ennemi jusqu'au bout ne me verra qu'en face ! »
Il dit ; et le héros, respirant à moitié,
Contre un arbre voisin avec peine appuyé,
De sa mourante main ressaisissant son glaive ,
Après un long effort quelque temps se relève ;
Du geste et du regard excite nos soldats ;
Et, déchiré, couvert des ombres du trépas ,
Son front, que par degrés la douleur décolore,
Tourné vers l'ennemi l'épouvantait encore.

Toutefois les Français, au devoir immolés ,
Prodigues de leurs jours , mais du nombre accablés,
Redoublaient vainement et d'efforts et de zèle
Pour ramener vers eux la fortune infidèle ;

Hélas , ils ont perdu leur plus ferme rempart !
En vain pour le sauver ils criaient à Bayard :
« Le vainqueur vient à vous ; évitez son approche. »
« — Non, dit *le Chevalier sans peur et sans reproche ;*
« Bayard *mort* peut sans honte éprouver le destin
« Que deux fois dans sa vie éprouva Duguesclin.
« Nemours fut plus heureux; ce fameux capitaine
« Au sein de la victoire expira dans Ravenne.
« Il m'aimait; il m'appelle, et ~~je le crois je~~ voi
« Du séjour des héros s'avancer jusqu'à moi.
« Qu'on ne me plaigne point ; tout finit : Dieu me reste !
« Et puisqu'un prêtre saint à mon heure funeste
« Ne peut de mes erreurs recevoir l'humble aveu ,
« Je les confesse à vous , je les confesse à Dieu. (²
« C'en est fait, compagnons ; adieu ! séchez vos larmes;
« Dites surtout au Roi que Bayard , sans alarmes
« Des biens que dans ce jour la mort vient lui ravir,
« N'en regrette qu'un seul ; l'honneur de le servir. » (³
Pleurant, poussant des cris , tous alors se retirent; (⁴
Jusqu'aux rangs ennemis leurs plaintes retentirent ;
Et l'Espagnol apprend au bruit de leurs sanglots
Que le camp des Français a perdu son héros.

A ce bruit aussitôt s'est élancé Pescaire ,
Du généreux Bayard généreux adversaire :
Il accourt, il gémit, le presse entre ses bras ,

Lui-même sous sa tente accompagne ses pas.
Là repose Bayard, et son ame immortelle
S'exhalera du moins dans un lieu digne d'elle.

Les guerriers espagnols, l'honorant de leurs pleurs, (5
Ont même des Français égalé les douleurs :
L'un vante ses exploits, et l'autre sa franchise,
L'autre sa piété : c'était Naples conquise,
Bresse, Milan [illegible], et Ravenne et Lodi ;
Tantôt ils racontaient que d'un bras plus hardi,
Presque seul, sans rempart, il défendit Mézière,
Et seul à Garillan brava l'armée entière. (6
Quel éclat, disaient-ils, eut ce noble guerrier !
Son Roi le conjura de l'armer chevalier.
Comme ils parlaient ainsi dans un morne silence
De vieux soldats français une troupe s'avance :
Leurs yeux, tristes, baissés, de larmes sont couverts ;
Pour racheter Bayard ils demandent des fers ; (7
Et Pescaire attendri permet que leur courage
Au guerrier qui s'éteint rende un dernier hommage.
Bourbon arrive aussi : « Que je plains votre sort ! »
Dit-il. — Mais le héros : « Ne plaignez pas ma mort :
Tout mon honneur me suit à mon heure suprême ;
Je meurs fidèle au Roi : gémissez sur vous-même. » (8

Bayard demeure seul, prie, et ferme les yeux ;
Et Nemours qui l'attend le reçoit dans les cieux.

(9)

On répète avec soin ses dernières paroles.
Tout l'admire et le plaint : les lances espagnoles,
Que même dans ce jour fit trembler son aspect,
Devant son lit de mort passent avec respect.
Bayard des anciens preux fut la gloire dernière ; (9
On la vit dans sa tombe expirer toute entière.
L'Europe le pleura, la France prit le deuil ;
Et lorsqu'au lieu natal on portait son cercueil
Sur sa route à l'envi les peuples s'assemblèrent ; (10
Les remparts des cités d'un crêpe se voilèrent ;
L'airain gémit au loin ; les tribunaux sans voix
Ont laissé reposer le saint glaive des loix.
Trois femmes ont paru, pâles, échevelées :
Leurs touchantes douleurs, sourdement exhalées,
Semblent mêler encore, en montant vers le ciel,
Je ne sais quoi de tendre à ce deuil solennel ;
Toutes trois exaltaient son noble caractère :
L'une lui dut son fils, et l'autre son vieux père ;
Et l'autre lui disait en cachant sa rougeur :
« O Bayard ! sois béni ; tu sauvas la pudeur ! »
Il est trop juste, hélas ! que ton pays t'honore,
Bayard ! Un Roi vaillant te loua mieux encore (11
Lorsqu'aux champs de Pavie on le fit prisonnier.
« Pourquoi t'ai-je perdu, noble et grand Chevalier !
Dit son monarque en pleurs ; ô perte trop sensible !
O Bayard ! toi vivant, je restais invincible. »

Ainsi, par un grand Roi ce grand homme honoré,
D'âge en âge à la France a paru plus sacré :
Comme le plus vaillant trois règnes l'applaudirent ;
Partout à son seul nom les ames s'agrandirent.
Puisse un siècle aussi beau renaître à nos regards,
Et le trône affermi retrouver des Bayards !

———

NOTES.

---

1) L'artillerie et les enseignes étaient déjà passés et
en sûreté, lorsque sur les dix heures du matin il fut tiré
un coup d'arquebuse à croc, dont la pierre vint frap-
per Bayard au côté droit, et lui rompit l'épine du dos.
Quand il sentit le coup son premier cri fut : Jésus! AH,
MON DIEU, JE SUIS MORT! Ses gens, le voyant chanceler,
allèrent à lui, et le pressaient de sortir de la mêlée. Son
ami d'Alègre le supplia de se retirer. « Non, répondit-il;
JE SUIS MORT, et ne veux pas dans mes derniers momens
tourner le dos à l'ennemi pour la première fois de ma
vie. » Cependant comme il vit les Espagnols s'avancer,
il ordonna que l'on allât à la charge, et se fit descendre
au pied d'un arbre, « en sorte, disait-il, que j'aie la face
regardant les ennemis. »

(HISTOIRE DE BAYARD, PAR GUYARD DE BERVILLE.)

2) Comme Bayard n'avait auprès de lui aucun prêtre
il se confessa à son gentilhomme. Ensuite le seigneur
d'Alègre, prévôt de Paris, lui demanda et reçut ses dernières volontés. Ce soin rempli, Bayard supplia tous
ceux qui l'environnaient de le laisser songer à sa cons-
cience, et de se retirer, afin qu'il n'eût pas la douleur de les voir tomber au pouvoir de l'ennemi.

3) Il recommanda au seigneur d'Alègre d'assurer le Roi « qu'il mourait son serviteur, sans aucun autre regret que celui de ne pouvoir plus lui rendre ses services. » (Même Histoire.)

4) Tous prirent de lui le dernier congé avec des cris et des gémissemens qui furent entendus de l'armée ennemie, au pouvoir de laquelle il demeura. Au même instant arriva près de lui le marquis de Pescaire, qui lui dit : « Plût à Dieu, seigneur de Bayard, avoir donné de mon sang ce que j'en pourrais perdre sans mourir, et vous avoir mon prisonnier en bonne santé! vous connaîtriez bientôt combien j'ai toujours estimé votre personne, votre bravoure et toutes les vertus qui sont en vous, et que depuis que je me mêle des armes je n'ai jamais connu votre pareil. » Ce seigneur fit apporter son propre pavillon avec son lit, le fit tendre autour du mourant, aida lui-même à le coucher, lui baisa avec respect les mains, plaça des gardes auprès de lui, et fut chercher un prêtre, à qui le Chevalier se confessa avec la plus grande piété. (Même Histoire.)

5) Toute l'armée espagnole s'empressa de venir admirer ce héros expirant. (Même Histoire.)

6) Bayard conquit Bresse, et se fit adorer des vaincus par sa générosité : c'est dans cette ville qu'il donna la plus haute preuve de son respect pour l'innocence et pour le malheur. Milan, Fornoue, Ravenne et Lodi furent conservés par sa vaillance; et Mézières, dénué de fortifications, dut son salut à la résolution héroïque qu'il parvint à faire adopter contre l'opinion du conseil. Mais de tous les hauts faits de Bayard le plus merveilleux sans doute est la défense du pont de Garillan.

Sur la fin de la guerre entreprise par Louis XII pour reconquérir le Milanais les Français étaient campés d'un côté de la rivière de Garillan, et les Espagnols de l'autre. Parmi ceux-ci étaient, aussi bien que chez les Français, de très-braves officiers et en grand nombre, surtout le fameux Fernand Gonsalve; mais le plus extraordinaire était un petit homme qui n'avait que deux coudées de hauteur, si bossu, si contrefait, que la tête de son cheval le dérobait à la vue; on le nommait Pedro de Pas, et malgré sa difformité il était un des plus hardis et des plus entreprenans de toute l'armée. Il voulut un jour donner l'alarme au camp des Français, et pour cela il prit avec lui cent ou cent vingt hommes d'armes, portant chacun un fantassin en croupe, tous armés d'arquebuses, et leur fit passer le Garillan à un guai qu'il connaissait. Son dessein était d'y attirer toute l'armée, et de faire dégarnir le pont, dont cependant les siens s'empareraient. Il réussit si bien que l'armée française se crut attaquée par toute celle d'Espagne, et courut du côté où était l'alarme. A ce bruit Bayard, qui s'était logé tout proche du pont, comme à l'endroit le plus intéressant, se leva et s'arma, et avec lui un écuyer cavalcadour du Roi, nommé Pierre de Bardes, et par sobriquet le Basque, brave et hardi gentilhomme. Dès qu'ils furent à cheval, courant du côté où était l'alarme, Bayard aperçut un gros de cavalerie espagnole de deux cents hommes qui venaient droit au pont pour s'en emparer, ce qu'ils auraient fait sans peine, et s'ils eussent réussi c'en était fait de toute l'armée française. Il s'écria à l'instant : Ami Basco, courez chercher du secours; s'ils se rendent

maîtres de notre pont nous sommes tous perdus : courez, vous dis-je, pendant que je vais les occuper de
mon mieux. Tandis que le Basque exécute cet ordre
Bayard, la lance au poing, se poste sur l'autre bout
du pont avant que les Espagnols y arrivent, et,
comme un lion furieux, porte de si terribles coups,
qu'il renversa d'abord quatre hommes d'armes, dont
deux tombèrent dans l'eau, et ne reparurent plus. Les
Espagnols, animés par la perte de leurs camarades,
attaquent Bayard avec fureur et l'environnent : mais
lui, l'épée à la main, les soutient tous, et, s'acculant
tout à cheval à la barrière du pont, leur donne tant
d'affaires, qu'ils croyaient avoir un diable à com-
battre, et non pas un homme, et que le Basque eut le
tems de venir avec environ cent hommes, et de le dé-
gager. Ce secours sauva le pont. (MÊME AUTEUR.)

7) Une foule de soldats français vinrent dans le
camp espagnol se rendre prisonniers, afin de jouir
encore une fois du bonheur de voir Bayard.

(DICT. HIST. 3.)

8) Le Connétable de Bourbon, qui était passé au
service de l'empereur, vint comme les autres con-
templer le héros, et lui dit : « Ah, capitaine Bayard !
que je suis marri et déplaisant de vous voir en cet
état ! je vous ai toujours aimé et honoré pour la
grande prouesse et sagesse qui est en vous : Ah !
que j'ai grande pitié de vous ! » Bayard rappela ses
forces et répondit : « Monseigneur, je vous remercie ;
il n'y a point de pitié en moi qui meurs en homme
de bien, servant mon Roi ; il faut avoir pitié de

vous, qui portez les armes contre votre prince, votre patrie et votre serment. »

9) Bayard fut le dernier des chevaliers chrétiens désignés sous le nom de Preux Chevaliers.

(Histoire des Chevaliers chrétiens.)

10) Lorsque les restes de Bayard furent transportés en Dauphiné les prélats, le clergé, la robe et la noblesse, les riches et les pauvres, tous semblaient avoir perdu ce qu'ils avaient de plus cher, et peut-être n'y avait-il jamais eu avant lui un deuil aussi général. La cour de parlement, la chambre des comptes, la noblesse et la bourgeoisie de Grenoble allèrent audevant du convoi jusqu'à demi-lieue de la ville, et le conduisirent en l'église cathédrale, où le lendemain ils assistèrent au service qui fut fait pour lui, NON DUCALI MODO, SED REGIO APPARATU, avec l'appareil dû aux princes.

(Guyard de Berville.)

11) Lorsque François Ier, fait prisonnier à Pavie, fut conduit en Espagne, il dit au seigneur de Montchenu : « Si le chevalier Bayard, qui était vaillant et expérimenté, eût été vivant et près de moi, mes affaires sans doute auraient pris un meilleur train ; j'aurais pris et cru son conseil ; je n'aurais séparé mon armée, et je ne serais sorti de mon retranchemement, et puis sa présence m'aurait valu cent capitaines, tant il avait gagné de créance parmi les miens, et de crainte parmi mes ennemis. Ah, Chevalier Bayard! que vous me faites grande faute, car je ne serais pas ici! »

Mézerai et Velly.